Der Krämerskorb

Hans Sachs

Ein faßnachtspiel mit sechs personen zu spielen

Die person in das spiel.

Der verspielt krämer.

Kratzels, die krämerin.

Der burger.

Deß burgers fraw.

Knecht Heintz.

Die köchin.

Anno salutis M.D.LIIII., am 19 tag Julii.

DER HAUSSKNECHT *tritt ein mit der weinkandel und spricht.*

Ich sol meim herren holen wein.

Wo mag nur heut das weisen sein?

Ich wil bey der brodlauben fragen,

Daß mirs die alten weiber sagen,

Auff daß ich nur bald widerumb

Mit dem wein heim zu hause kumb,

Daß ich versäumb das essen nicht,

Weyl man doch schon hat angericht.

Schaw, schaw, schaw, schaw! was ist dort vorn

Vor der thür bey dem gülden horn?

Es ist ein krämer mit seinr frawen,

Ich muß das wunderwerck auch schawen.

Der krämer setzt den krämerkorb nider und spricht zum weib.

Nimb bald den korb, und laß uns gahn!

KRÄMERIN *spricht.*

Ich sech dich durch ein zaun nit an,

Daß ich den korb trüg uber veldt,

Weyl du hast nechtn verspielt das geldt.

Wenn du thetst deines handels warten,

Gleich als der würffel und der karten,

Als denn nömb unser kram wol zu.

Aber gleich wie hauß heltest du,

So hat auch unser hauß ein gibel.

KRÄMER *spricht.*

Du hast mir lang gelesn die bibel,
Hast mich heint kifft die langen nacht,
Ey, sey doch nit so ungeschlacht!
Hör auff! hab ich verspielet schon,
Hab ichs ie von gwins wegen thon,
Went mich gleich lang drumb fretten wilt:
Hab etwann auff fünff pfund verspielt,
Hab offt doch wol gewonnen mehr.
Warumb prumbst du denn icz so sehr?
Ein ander mal wil ichs wider gwinnen.
Nimb den korb, und laß uns von hinnen!
Es ist ietzt fast hoher mittag.

KRÄMERIN *spricht.*

Ey, wart ein weyl, biß ich dir trag
Den korb, du leiden-loser mann;
Du wirst mit spieln das unser an.
Schlegst es doch alles in den wind;
Der fünff pfund wir ie ärmer sind.
Damit hettn wir wol kauffet ein
Bawrenleckkuchn und brendten wein,
Harband, gürtel, nestel und nadel;
An solcher wahr han wir groß zadel,
Unser korb ist leer solcher wahr.
Was geldts köndt wir denn lösen dar,
Wo wir auff die dorffkirchweich kummen!

KRÄMER *spricht.*

> Ey, liebe, hör doch auff zu brummen,
>
> Ich wil forthin kein spiel mehr than.
>
> Nimb doch den korb, und laß uns gahn!
>
> Was wilt mit werten uns bethörn?
>
> Sichst nit, daß uns die leut zu-hörn?
>
> Stent da und spottn unser darzu.

KRÄMERIN *spricht.*

> Sag an, du tropff, wie offt hast du
>
> Verschworen und verredt das spiel?
>
> Das heltst du so lang und so viel,
>
> Biß du kombst zu dein losen gselln,
>
> Den spitzbuben, die dir nachstelln.
>
> Und bald du siehst würffel und karten,
>
> So thust du aller schantzen warten,
>
> Und hast doch weder fahl noch glück.
>
> Du kennst nit der spitzbuben stück,
>
> Derhalb du allemal verleust.
>
> Dasselb mich hart auff dich verdreust,
>
> Daß dus allmal thust wider wagen.
>
> Drumb wil ich kurtz den korb nit tragen.
>
> Wiltun nicht tragn, so laß ihn stehn.

KRÄMER *spricht.*

> Ey, liebe alte, laß uns gehn!
>
> Nimb nur den korb auff deinen rück;
>
> Uns wird noch kommen groß gelück,

Wir werdn noch beyde gar reich werden.

KRÄMERIN *spricht.*

Das gschicht nit, weil du lebst auff erden;

Ich hab mich glücks verwegn mit dir.

Gar wenig baarschafft haben wir.

Nun hab wir ie das jar nichts gwonnen;

Brinn doch und brat an heisser sonnen

Und muß auff all dorffkirchweych wandern

Von einem dorffe zu dem andern,

Und dennoch so gar nichtsen gwinnen,

Sonder ie lenger mehr einrinnen

Und uns stecken in angst und sorgen;

Die wahr wir in der statt auff-borgen,

Daß wir schir sind allenthalb schuldig.

Das macht mich erst gar ungedultig.

Das macht aus dein verfluchtes spiel!

Darumb ich weder weng noch viel

Den korb mehr uber veldt wil tragen.

KRÄMER *spricht.*

Hör, liebe Kratz-Els, laß dir sagen:

Daß wir weng haben, da merck du,

Hilffst auff deim theyl redlich darzu.

KRÄMERIN *spricht.*

Warmit hilff ich dir zum verthan?

Du loser, unglückhaffter mann,

Bist ehrenfromb, so sag mir das.

KRÄMER *spricht.*

Ey, wo wir ziehen auff der straß,

Hast du stets an der gürtl dein flaschen,

Darmit du thust dein gorgel waschen.

Wiewol du bist zum tragen faul,

Kanst wol außwarten deinem maul,

Ist an deim grossen arsch wol schein.

KRÄMERIN *spricht.*

Hetst du als vil blasen hinein,

Als ich herauß hab blasn das jar,

Er wer noch grösser, glaub fürwar!

Was darffst dich denn umb mein arsch kifen?

KRÄMER *spricht.*

Was darffst mich denn umb mein spiel nifen,

Gleich wie ein lauß ein altes wammes?

Du kanst wol außwarten deins schlammes

Und trinckest also leichnam-gern,

Wo wir rasten in einr dafern.

Wil ich ein maß, so wilt du zwu

Und auch gute bißlein darzu,

Kan dich nit auß der herberg bringen.

Meynst, wir reichen mit solchen dingen,

Ich mit spiel, du mit ubring zechen?

Ich thu häfen und du krüg brechen.

Deß sind wir zwo hosen eins thuchs.

Drumb nimb den korb, und troll dich fluchs

Darmit hinauß, du volle blaß!

KRÄMERIN *spricht.*

Du wirst mich zwar nicht nöten das,

Und wann du als ein zeislein süngest

Und als ein bock hüpffest und sprüngest.

Drumb trag den korb oder laß in stehn;

Ich wil heint noch gen Forcheym gehn.

Sie geht. Er geyt ihr den korb und spricht.

So trag den korb, du fauler balck!

DIE KRÄMERIN *würfft den korb hin und spricht.*

Trag in selb, du verspielter schalck!

Sie schlagen an einander; der burgersknecht scheydet, sie lauffen beyde hin,
der krämer kehrt wider, nimbt den korb auff sein rück.

DER KNECHT *spricht.*

Die krämrin hat den kampff gewunnen.

Ich meyn, daß ich sey unbesunnen,

Steh da, thu dem narrnwerck zwgaumen,

Solt wol daheym das essn versaumen.

Nun ich wil icz dest fester streichen,

Ob ich das frümal möcht erschleichen.

Er geht eylendt ab. Der herr und sein fraw gent beyde ein.

DER HERR *spricht.*

    Wo ist so lang unser knecht Heintz?

    Ich denck, er hol den wein zu Meintz.

    Nun sey wir ie zu tisch gesessen

    Und haben das mittagmal gessen

    Fast auff ein stund, guter drey richt,

    Noch sech wir unsers Heintzen nicht.

    Was hat er nur für vitzthumb-hendel?

DIE FRAW *spricht.*

    Ich halt, daß er etwann umblendel,

    Sicht die bannen einander beissen.

    Was wird er für außred uns weisen?

    Glaub nit, daß der dienstbotten meng

    Beym weisen haben ein gedreng,

    Dieweyl doch dises jare hewer

    Der wein ist ubermassen thewer.

    Secht, dort kompt gleich der faule schlüffel

    Mit tregem gang, gleich einem büffel.

KNECHT HEINTZ *kombt und spricht.*

    Gott gsegne euch den külen wein!

DER HERR *spricht.*

    Wol rein, ins henckers namen rein!

    Du werst gut nach dem todt zu senden.

Du thetst nit bald dein bottschafft enden;

Sind fast ein stund zu tisch gesessen,

Haben untruncken müssen essen.

Smal hast versaumbt, hab dir die frantzen!

Nun must du umb den brodkorb tantzen!

Zum nechsten bälder wider kumb!

KNECHT HEINTZ *spricht.*

Ach mein herr, zürnet nicht darumb!

Ich kam zu eim seltzamen strauß,

Deß must ich gleich gar warten auß:

Dort oben bey dem gülden horn

Da het ein krämr mit spiel verlorn

Sein gelt, drumb thet sein weib in plagen

Und wolt den krämerskorb nit tragen,

Und gaben also wort umb wort,

Biß doch der krämer an dem ort

Den korb sie wolt zu tragen nöten.

Sie thet sich pfinnen und an-röten

Und warff im den korb wider dar,

Kamen zu-letzt zu streichen gar,

Thetten einander weidlich puffen,

Biß ich und ander leut zu-luffen

Und rissen sie kaum von einander.

Da lueffens darvon beydesander,

Liesen korb ligen an der gassen,

Den doch der krämer auff müest fassen.

Dem kampff hab ich so lang zu-gsehen.

DIE FRAW *spricht.*

Dem krämer ist nit unrecht gschehen,

Daß er den korb hat müssen tragen,

Weyl er in den vorigen tagen

Sein bargeldt alles het verspilt,

Mit würffl und karten vermutwilt.

Wer ich die krämerin gewesen,

Wolt im den text auch habn gelesen,

Wolt den korb auch nit tragen han.

DER HERR *spricht.*

Wer ich denn gwest der krämersmann,

Wenn ich gleich hett verspielt das geldt,

Hett drumb nit tragen uber veldt

Den korb; es ghört den frawen zu,

Daß iede den korb tragen thu,

Weyl sie zu tragen sind verpflicht

Tag und auch nacht, wie man denn spricht:

Der mann der sol seyn herr im hauß,

Die herrschafft bhalten gar durchauß.

Das weib aber sey unterthenig,

Gehorsam und nit widerspennig

Dem mann und thu den korb nachtragen.

DIE FRAW *spricht.*

Mein mann, ich muß dir auch eins sagen:

Wenn aber ein mann ist auff erdt

Verspielt und sonst auch nichtsen werth

Und seinem hauß nit wol vorsteht,

Meynst nicht, ob derselb billich thet

Wie ein esel den korb selb tragen?

DER HERR *spricht.*

Kanst nit auch von den weibern sagen,

Die auch mit den kleydern fürwitzen

Und hinder den männern popitzen?

All new tracht wöllens habn mit hauffen,

Die wider mit schaden verkauffen,

Darmit sie auch vil geldts vernarren.

Heyst das auch nit vom hauffen scharren?

Meynst nit, den korb sie billich trügen?

DIE FRAW *spricht.*

Ja, der frawn thet der korb wol fügen,

Die also märckelt heymeleich,

Daß es dem mann zu schaden reich;

Ich bin aber derselben keine.

DER HERR *spricht.*

O, du bist auch nicht gar ein reine,

Must mit dem gmeinen hauffen traben.

Du müst den korb mir tragen haben,

Oder du müst mir sein entloffen.

DIE FRAW *spricht.*

Du hetst ein rechte an mir troffen;

Ich hett werlich den korb nit tragen,

Und was du halt darzu thest sagen,
Du mich nicht überreden solt.

DER HERR *spricht.*

Wenn ich es aber haben wolt
Und es ernstlich zu dir thet sagen?

DAS WEIB *spricht.*

Dennoch wolt ich den korb nit tragen,
Und stellest du dich noch so wildt,
Vorauß wen dus geldt hetst verspilt.

DER HERR *spricht.*

Wenn ichs wolt habn, woltst dus nit than?

DAS WEIB *spricht.*

Ich sech dich nicht an, lieber mann,
Wenn du gleich alles thetst darzu.
Dannoch solt mich nit nöten du,
Daß ich den krämerskorb wolt tragen.

DER HERR *spricht.*

So wolt ich dfaust an kopff dir schlagen.
Wolt nur sehen, wer noch herr wer!

DIE FRAW *spricht.*

Ey, bist du böß, so schlag nur her!

Der herr schlegt, sie schlegt hinwider, zu-letzt fleuhet das weib und spricht.

Ich wils gelin meinen freunden klagen,

Dast mich von narrnwercks wegn thust schlagen.

DER HERR *spricht.*

Umb dein böß maul hab ich dich bleut,

Das mir so trutzig antwort beut,

Samb habst du funden mich im dreck.

DIE FRAW *spricht.*

Schaw, schlag du mich mehr, bist du keck.

Der herr laufft, sie fleucht, lauffen also beyde ab.

KNECHT HEINTZ *(kombt und) spricht.*

Sol einer nit von wunder sagen?

Was haders hat sich da zu-tragen

Von dises krämerkorbes wegen?

Ich glaub, der teuffel sey drinn glegen.

Zum nechsten wil ich schweygen still,

Kein newe mehr haim-bringen will.

DIE KÖCHIN *kombt mit dem kochlöffel und spricht.*

Ey, lieber Heintz, thu mir doch sagen,

Warumb haben einander gschlagen

Herr und fraw, ghabt ein solchen strauß?

Nun hab ich ie in disem hauß

Gedienet nun auff sieben jar,

Hab doch gesehen nie fürwar,

Daß eins das andr mit werck noch worten

Beleydiget hett an den orten.

Ey, lieber Heintz, was sol das sein?

HEINTZ, DER KNECHT, *spricht.*

Ey, vor hab ich geholt den wein,

Da kam ich bey dem gülden horn

Zu einem seltzamen rumorn:

Ein krämer hett sein geldt verspilt,

Drob war die krämerin so wildt

Und wolt den krämerskorb nit tragen,

Thetten drob an-einander schlagen.

Als ich das herheym sagen thet,

Unser fraw lacht und darzu redt

Und gab halt der krämerin recht;

So lobt der herr den krämer schlecht,

Daß ers zum korb genött wolt haben.

Also sich wort umb wort begaben,

Biß sie sich gar darob zutrugen

Und endtlich an-einander schlugen

Ob dem lausigen handel schlecht.

KÖCHIN *spricht.*

Ja, ich gib auch der frawen recht;

Ich hett gehabt der krämerin sitt;

Den korb hett ich auch tragen nit,

Weyl das geldt hett verspielet er.

HEINTZ, DER KNECHT, *spricht.*

Und wenn ich denn der krämer wer,

So müst du mir den korb habn tragen,

Oder wolt dich rein und wol schlagen.

KÖCHIN *spricht.*

Wen? mich?

HEINTZ, DER KNECHT, *spricht.*

Ja, dich.

KÖCHIN *spricht.*

O, deins schlagens! du werst zu kranck.

Ich wolt dich schieben unter banck

Und ein eyr im schmaltz auff dir essen.

HEINTZ, DER KNECHT, *spricht.*

Ey, wie redst du so gar vermessen,

Du rusig, gschmierter küchenratz?

Wie beutst du mir so trutz und tratz?

Und ich wolt deiner drey nit fliehen,

Wolt euch wol bey den zöpffn umbziehen

Und ewers hochmuts seyn ein brecher.

DIE KÖCHIN *spricht.*

> Was woltst du than, du spinnenstecher?
>
> Du dörffst dich mein allein nit wehrn,
>
> Wenn ich das rhaw herfür thet kehrn.
>
> Ich wolt dich nider-werffen vor
>
> Und dir selb bruntzen in ein ohr,
>
> Woltst du mich nötn den korb zu tragen;
>
> Ich wolt dich stossn, daß du dest ragen.
>
> Was darffst du dich denn rhümen sehr?

HEINTZ, DER KNECHT, *spricht.*

> Du balg, schweyg! ich sag dir nit mehr.
>
> Halts maul, aller-unendling kotzen!
>
> Oder ich haw dich mit der plotzen,
>
> Daß die sunnen durch dich muß scheinen.

DIE KÖCHIN *spricht.*

> Ey, lieber, schaw, hett ich den meinen,
>
> Den mir heut hat die saw hintragen,
>
> Ich wolt dirn in dein waffel schlagen
>
> Und wolt dich wol nöten darzu,
>
> Daß den korb selb müst tragen du.
>
> Ich wolt dich gar wol mores lehren.

HEINTZ, DER KNECHT, *spricht.*

> Ey, den korb tregst du wol mit ehren;
>
> Deß tragens hast gewont, ich meyn,
>
> Du hast getragen den schandstein

Umb den marck; so thut man auch sagen,

Du habst vor jarn ein banckart tragen.

Der korb zimbt dir, du hurenbalck.

DIE KÖCHIN *spricht.*

Du leugst mich an, du diebscher schalck,

Wolst mich an meinen ehren schmehen,

Das kan ich dir nit ubersehen.

Seh hin, ich wil dirn korb auff-laden,

Daß du zu dem spot habst den schaden.

Sie schlecht in uber die lende mit dem kochlöffel, und er sie mit feusten, biß
sie entlaufft.

DER KNECHT *beschleust.*

Wie hat der korb ein jammr zu-ghricht,

Es köndt eim seltzamer träumen nicht.

Ich bin auch kommen in die bayß,

Hat mir außtrieben den angstschwayß,

Mir ist mein theyl auch darvon worn;

Die köchin hat mir sauber gschorn

Mit dem kochlöffel an dem ort.

Es ist noch war das alt sprichwort,

Sagt, daß sich sol ein weiser mann

Keins frembden haders nemen an

Und sich gar nichts darmit bekümmer,

Daß uit an in springen die drümmer,

Theylhafft werd haders, ungemachs.

Den trewen rhat geit auch Hans Sachs.